Der Matrose vom Alabama

Luise Büchner

Wir wollen Euch eine kleine rührende Geschichte erzählen, Euch zumeist, die Ihr so gerne klagt und behauptet, daß nur noch die Prosa die Welt regiere, daß es keine wahre Liebe, keinen Enthusiasmus, keine Treue, keine Poesie mehr auf unserem materiellen Erdenrunde gäbe. Hört, und beruhigt Euch! Denn unsere Erzählung ist kein Traum der Phantasie, sondern buchstäbliche Wahrheit, und sie hat sich begeben in dem alten Lieblingslande der Romantik, in der Normandie, wo zwar Butter- und Käsehändler, Kühe- und Pferdezüchter die Troubadours und Minstrels schon längst verdrängt haben, die aber immer noch ein bevorzugtes Land der unsichtbaren Mächte zu sein scheint, welche unsern Schicksalsfaden spinnen. Sie mag wohl darum der Schauplatz unserer kleinen Erzählung geworden sein, die euch zurufen wird: »Ja, noch lebt die Liebe, noch weiß sie ihre Wege zu finden über Berge, Thäler und Ströme, durch Wüsten und Einöden und selbst auf den verschlungenen, endlosen Pfaden des Oceans«!

Am 19. Juni 1864 waren an einem heiteren Sonntagsmorgen die Bewohner Cherbourgs schon in aller Frühe auf den Füßen, um einem Schauspiel beizuwohnen, das recht eigentlich auch auf dem Gebiete der Romantik spielte, wenn sie auch darin in veränderter, moderner Gestalt auftritt. Sollte jenes merkwürdige und noch nie dagewesene Duell zwischen zwei feindlichen Kriegsschiffen, dem Kearsage und dem Alabama, nicht ebensowohl ein rein poetisches Interesse einzuflößen vermögen, wie die Heldenthaten des Mittelalters und das Messen von zwei ritterlichen Degen um einen oft falschen Begriff von Ehre? Man brauchte weder für den Süden, noch für den Norden Amerika's fanatisch Partei zu ergreifen, um davon betroffen zu werden. So erging es auch den Einwohnern der sonst gar ruhigen Stadt Cherbourg, deren feste Insassen für gewöhnlich, trotz der furchtbaren Kriegsmaschinen, welche die Forts des weltberühmten Hafens beherbergen, und dem Besitz eines Arsenals, dessen Inhalt die halbe Welt in Flammen hätte setzen können, ihr friedliches Dasein ziemlich einförmig verlebten.

Der schmale, steile Zickzackpfad, welcher hinauf zu dem Fort du Roule führt, das den Hafen und die weiteste Aussicht auf's Meer beherrscht, war schon seit einer Stunde von Hinaufklimmenden bedeckt. Ebenso wimmelte es von Menschen auf dem merkwürdigen Hafendamm, einem der seltensten Erzeugnisse unterseeischer Baukunst, den zu errichten ein Jahrhundert lang der Mensch mit dem widerspenstigsten Element im Streite gelegen, bis er den Sieg davon trug. Mit seinen fast unangreifbaren Forts bildet der Damm recht eigentlich den dräuenden Gedankenstrich zwischen Frankreichs Nordküste und etwaigen Eroberungsplänen des ehrgeizigen Gegenüber. Glatt und schimmernd lag das Meer im lichtesten Seegrün strahlend, wo das Sonnenlicht es überzitterte, dunkel und dräuend, wo Wolkenschatten neidisch das Licht verdrängten.

Gleich weißen Rossen schossen die Schaumwellen der anschwellenden Fluth über die Fläche, und immer gewaltiger stießen jetzt die schwarzen Röhren des im Hafen liegenden Südamerikaners dichte Massen Dampfes aus, während gegenüber auf dem offenen Meere ähnliche Wolken, nur der Entfernung wegen nebelhafter und zierlicher, emporwallten. Die Stunde des Kampfes und der Entscheidung war nahe.

Doch versetzen wir uns auf einen Augenblick an den vorhergehenden Abend und kehren wir zu dem schon erwähnten Fort du Roule zurück. Auf einer der äußersten Bergecken Frankreichs, die kühn und gewaltig hinausspringt, dem atlantischen Ocean zugewendet, erhebt es sich stolz und malerisch, fast mehr als ein Signal, für die unangreifbare Rhede, welche sich zu seinen Füßen ausstreckt, als wie zum nochmaligen Schutze derselben. Ringsum tobt und braust das Meer, aber jetzt liegt die endlose Fläche ruhig und glatt wie ein Spiegel, der sich der Sonne darzubieten scheint, ihr leuchtendes Bild darin zu betrachten, indem sie tiefer und tiefer hinabsteigt, bis dann plötzlich die tückischen Fluthen sich öffnen und sie hinabziehen in ihr finsteres Reich. Schon war die Rosengluth entschwunden, mit der sie auf einen Augenblick die undankbare Welle und die Segel zahlloser Schiffe, die sich auf ihr wiegten, übergossen hatte, und nur noch ein einziger lichter Streif gab Kunde davon, wo die Herrliche ihr Grab gefunden. Dunkle Schatten begannen sich über die Stadt und den Hafen zu legen, hie und da blitzte schon das Feuer eines Leuchtthurmes auf; aber droben an der Balustrade, welche den äußersten Vorhof des Castells umschließt, lehnte immer noch unbeweglich ein junger, schlanker Matrose, der wohl schon seit einer Stunde so dagestanden, als ob er sich an dem Schauspiel zu seinen Füßen gar nicht ersättigen könne.

»Nun, William«, sagte jetzt eine tiefe Baßstimme hinter ihm, und eine kräftige Hand schlug ihm derb auf die Schulter, »willst Du über Nacht hier stehen bleiben? Der Weg herauf ist schon am hellen Tag halsbrechend genug, und hinunter geht's noch schlimmer. Es wird dunkel, wir haben keine Zeit zu verlieren!«

Der junge Mann wandte sich um und zeigte eine echt angelsächsische Physiognomie, nur die gebräunte Gesichtsfarbe contrastirte lebhaft mit den blonden Haaren und den blauen Augen und verlieh dadurch dem jugendlichen Schnitt des Gesichtes einen besonderen Reiz.

»Du hast Recht, Onkel Peter«, sagte er, »wir müssen gehen. Der Signalschuß unseres Schiffes wird uns ohnedem bald an Bord rufen«.

Sie wandten sich zum Gehen, der Aeltere bedächtig voraus, der Jüngere ihm langsam folgend.

»Bah«, fing der Alte wieder an, »was nützt Dir all das Gucken und Träumen, davon kommt die Nancy doch nicht herbei!«

»Leider nein«, erwiederte William seufzend, »und ich nicht zu ihr. Es ist eine verwünschte Geschichte!«

»War denn der Capitain ganz unerbittlich?«

»Unerbittlich. Er sagte, den Abschied wolle er mir geben, wenn ich ihn durchaus wolle, aber keinen Urlaub, er müsse seine Mannschaft zusammenhalten«.

»Hm, hm!«

»Nun, Onkel Peter, das soll doch nicht etwa heißen, ich hätte den Abschied nehmen sollen?«

Der Alte drehte sich um und schwang seinen Knotenstock in der Luft. »Den hätte ich auf Dir tanzen lassen, William Watson, wenn Du unser braves Schiff eines Mädchens willen verlassen hättest. Du dürftest keinem ehrlichen Seemann mehr unter die Augen kommen«.

»So steht die Sache«, fuhr William fort, »von Tag zu Tag hoffend, von Tag zu Tag vertröstet, muß ich eben darauf verzichten, Nancy mit mir zu nehmen. Morgen früh geht der Tanz los, und wer weiß, wer von uns übrig bleibt!«

»Es ist Dir doch nicht leid darum, William Watson?« fragte der Alte mit scharfem Ton.

»Goddam, Onkel Peter, mich das auch nur zu fragen! Glaubst Du, daß es mich weniger freut, den frechen Nordamerikaner zu züchtigen, als Euch Andern alle? Nur wollte ich, Nancy Wilson wäre zuvor Mistreß Watson geworden«.

»Nun, Junge, nach geschehener Arbeit schmeckt die Hochzeit um so süßer!«

»Freilich, wenn man's erlebt«, lautete die Antwort, von einem etwas erzwungenen Lachen begleitet.

In diesem Augenblick dröhnte es dumpf durch den stillen Abend. Der Alte beeilte schweigend seine Schritte, der Andere folgte ebenso schnell, und kurze Zeit darnach befanden sich beide an Bord ihres Schiffes des Alabama!

Schon zwei Tage vor dem Kampfe zwischen der nordamerikanischen Fregatte Kearsage und dem vielgenannten und gefürchteten südländischen Kaperschiffe, dem Alabama, war man in der Stadt genau davon unterrichtet, daß er stattfinden würde.

Mit Bewunderung blickte man auf den kühnen Capitain Semmes, der die Herausforderung, welche ihm der Capitain des weit größeren Kearsage gesandt, mit flammenden Worten erwidert und angenommen hatte. Von Mund zu Mund trug sich die freilich unverbürgte Kunde, wie beide Capitaine in ihrer Jugend innige Freunde gewesen, und wie sie sich nun feindlich einander gegenüber standen, nicht blos Mann gegen Mann, sondern Jeder als Repräsentant seiner Partei, Jeder umringt von Genossen, willig, einen in seiner Art einzigen Zweikampf mit ihm zu theilen. Welche Vermuthungen, welche Conjecturen ließen sich nicht an diesen Umstand knüpfen! Welche Ursache konnte die früheren Freunde in die entgegengesetzten Lager getrieben haben, welcher persönliche Haß mochte sich hier in großartigster Weise unter dem getheilten Sternenbanner auskämpfen?

So kam der Tag des Kampfes, der Sonntag, heran. Wie diesen die protestantische Mannschaft des Kearsage begangen, auf welche Weise sie sich zum Kampfe vorbereitet hat, ist uns unbekannt geblieben. Die Südländer aber zogen in der Frühe, in Reih und Glied, ihren Capitain an der Spitze und gefolgt von der halben Bevölkung Cherbourgs, in feierlichem Zuge nach der Dreifaltigkeitskirche, um dort die Messe zu hören. Diese gothischen Pfeiler und Spitzbogen, einst unter den Händen der siegreichen Engländer entstanden, während sie sich für ein Jahrhundert lang die nördliche Küste Frankreichs zurückerobert, mochten verwundert auf die gebräunten Gesichter und kräftigen Gestalten schauen, die fromm das Knie unter ihnen beugten und um den Sieg ihrer Waffen flehten. Die Zeiten lagen ja weit zurück, wo in ähnlicher Weise sich ein roheres und kampflustigeres Geschlecht, als das von heute, im Gotteshaus zum Brudermorde vorbereitete.

Gefolgt vom Hurrah und Triumphgeschrei der Menge waren die Beter dann wieder ernst und schweigend nach ihrem Schiffe gezogen, und als jetzt von dem Thurme der alten Kathedrale die neunte Stunde ertönte, wogten sie hinaus aus dem prächtigen Hafen aufs offene Meer, zum verwegenen Todestanz auf der Welle.

Es war eine traurige Wiederholung des alten: »Hie Welf«, »Hie Waibling«, die nun anhob mit dem ersten dumpfen Schuß, der zu gleicher Zeit von dem Deck des Kearsage und dem des Alabama die mörderischen Geschosse entsendete. Wohl mochte der schauenden Menge die Wange erbleichen und das Herz stürmisch in der Brust pochen beim Anblick dieses Zweikampfes, zu dem sie Alle als Zeugen geladen waren. Mit dem Schiffe der Rebellen aber, dem kleinen, kecken Alabama, war, wir müssen es im Interesse der Wahrheit leider gestehen, die Sympathie der braven Cherbourger und vieler Seeleute, die sich hier stets aus aller Herren Ländern zusammenfanden.

Für ihn zitterten, fürchteten und hofften sie. Warum? Das ist schwer, genügend zu erklären, nur das Factum ist zu bestätigen, daß Franzosen und Engländer in diesem Falle ihrer gegenseitigen Antipathie gänzlich entsagten und der Sache der Südländer nicht allein entschieden, sondern häufig bis zum Fanatismus zugethan waren. Die Argumente, welche der unter ihnen lebende Deutsche für den Norden vorbringen mochte, wurden kaum angehört.

In weiten Bogen flogen die tödtlichen Geschosse herüber und hinüber, auf beiden Seiten kämpfte man mit gleichem Muth, mit gleicher Geschicklichkeit, und fast drei Stunden lang schwankte die Schale des Sieges unentschieden herüber und hinüber. Aber der Herr der Heerschaaren war nicht mit den Alabamakämpfern und denen, die für sie gefleht hatten. Ueber alle Heiligen des katholischen Himmels trugen die nüchterne protestantische Mannschaft des Kearsage und sein bepanzerter Leib den Sieg davon.

Gleich einem Löwen, einem zweiten Byron'schen Corsar nicht unähnlich, kämpfte Capitain Semmes, und neben ihm sein Lieutenant; der Dritte im Bunde war der junge Matrose, den wir bereits als William Watson auf dem Fort du Roule kennen gelernt. Als wolle er selbst den leisesten Verdacht von sich abwälzen, daß er einen Augenblick das eigene Interesse über dasjenige seines Capitains und dessen Schiff habe setzen wollen, schien er seine Anstrengungen zu verdoppeln, und mehr als einmal mußte der Capitain ihn warnen, sein Leben nicht ohne Noth auf's Spiel zu setzen.

Da flog das Wurfgeschoß heran, welches dem Alabama die Todeswunde schlagen sollte. Er, der Jahre lang »auf den Wellen wandelte, wie ein lebendig Ding«, sank tiefer und tiefer hinab in den Abgrund. Eigenhändig hißte der Capitain die weiße Flagge auf, doch erst, als der Alabama schon dem Untersinken ganz nahe war. Vom Lande schickte man Boote aus, die Schiffbrüchigen zu retten. Unterdessen befahl Capitain Semmes seinen Leuten, die Schaluppe zu durchbohren, damit auch nicht ein Stück des Alabama in des Feindes Hände fiele, warf seinen Degen mit den Worten: »Alles ist verloren, nur die Ehre nicht!« in das Meer und bestieg mit vierzig seiner Leute die englische Yacht Deerhound, deren Capitain und Besitzer an Bord des Alabama den Kampf mit angesehen.

Capitain Semmes selbst war an der Hand nicht unerheblich verwundet, und mit tiefem Schmerz mag er beim Scheiden auf die Todten geblickt haben, die das Deck seines zertrümmerten, hinsinkenden Schiffes bedeckten, sowie auf die Lebenden und Verwundeten, welche noch der Hülfe und Rettung warteten. Diese blieb nicht aus; außer Jenen, die das feindliche Schiff aufnahm, wurden alle durch zwei französische Boote nach Cherbourg zurückgebracht, wo man sich herzu drängte, ihnen Pflege, Obdach und Wohnung anzubieten.

Langsam entfernte sich der Kearsage, gleichfalls an vielen Stellen getroffen, von dem Schauplatz seines Sieges, und die Besatzung mußte sich am Bewußtsein ihres Triumphes genügen lassen, denn die Zuschauermenge ließ sie kalt und lautlos ziehen, einen entfernteren Hafen aufzusuchen.

Und nun wären wir versucht, die Göttin der Liebe in höchsteigener Person aus den Fluthen emporsteigen zu lassen, um das Wunder zu bewirken, das sich in ihrem Namen begab. Nach drei Richtungen hin wurden die tapfern Alabamakämpfer verschlagen: ein Theil steuerte mit seinem Capitain der englischen Küste zu, ein anderer Theil saß finster und traurig am Bord des feindlichen Schiffes, und einen dritten empfing Frankreichs neutraler Boden. Einer der Letzteren, den die französischen Schiffsleute schon halb bewußtlos den Fluthen entrissen, ist ein junger, schöner Matrose, in dem wir abermals William Watson erkennen.

»Gottlob, daß wir den Jungen haben!« sagte Onkel Peter, indem er dem Franzosen behülflich war, William in das Schiff zu ziehen. Bald sind sie am Lande, und William, nachdem er sich mit Trank und Speise gestärkt, kehrt zum vollständigen Bewußtsein zurück. Er erhebt sich von dem Sitz, auf den man ihn gebettet, sieht mit leuchtenden Blicken um sich und ruft entzückt:

»Onkel Peter, welch' ein Glück bei unserem Mißgeschick! Ich bin in Frankreich, bin auf kurze Zeit mein eigener Herr und Meister o wie gut werde ich sie anwenden!«

»Ja, ja, mein Junge, wenn Du Dich tüchtig ausgeruht hast. Nach einer solchen Affaire braucht selbst der Stärkste ein Schlückchen Whisky mehr als sonst!«

Zwei Tage später brauste zur gewohnten Stunde der von Cherburg kommende Schnellzug über die kühne Eisenbrücke, welche das Schienengeleise über die Orne führt, um bald hierauf in den Bahnhof von Caen einzumünden. Außerordentlich malerisch erhebt sich die alte Normannenhauptstadt am Rande der ungeheuren saftig grünen Wiese, die an einer Seite von dem Flusse, an der anderen von der Stadt begrenzt wird. Die berühmten gothischen und romantischen Kirchen des einst heidnischen Catodum streckten ihre schlanken Spitzen hoch hinaus über die lange Reihe von Pappeln, welche an Größe mit ihnen wetteifern möchten, und gaben durch ihre Menge schon von Weitem Kunde, wie langgestreckt die Stadt sich hindehnt, und welchen Reichthum an architektonischen Kunstwerken sie in sich schließt. Vor allem Anderen heben sich hervor, die Krone und der Stolz der Stadt, die zwei herrlichen Zwillingsthürme von St. Stephan, jener Musterkirche im romantischen Styl, welche einst der glückliche Eroberer, Herzog Wilhelm, als sein Grabmonument erbauen ließ, und worin der Ruhelose auch wirklich die ewige Ruhe gefunden.

Neugierig und staunend ruhte das Auge William Watsons, der sich aus einem Wagen des schon erwähnten Zuges bog und seinen älteren Gefährten, in dem wir schnell den Onkel Peter erkennen, lebhaft auf die Schönheit der Landschaft aufmerksam machte. Onkel Peter war jedoch, wie es schien, dafür weniger empfänglich, als sein Gefährte, denn er antwortete verdrießlich: »Das ist also endlich Caen, William, und das Ziel Deiner Sehnsucht?«

»Ja, ja!«

»Goddam, welch ein Glück, daß diese gefährliche Landreise zu Ende!«

»Ich denke, am Sonntag sind wir noch in größerer Gefahr gewesen!« antwortete William lachend.

»Bewahre!« sagte der Andere, »das verstehst Du nicht! Auf meinem Schiff bin ich zu Hause, aber hier in dem engen Kasten kam mir oft etwas wie Furcht an. Lache und spotte nur, es gilt mir gleich, es bleibt doch halbes Satanswerk, so wie die Windsbraut über die Erde hinzufliegen und Alles über sich ergehen lassen zu müssen, ohne sich wehren zu können!«

»Nun, Gottlob Alter! Du bist erlöst; Du kannst jetzt aussteigen und ›Land‹ rufen. Ich aber rufe: ›Vorwärts, und rasch gehandelt!‹ Mit diesen Worten sprang William aus dem Waggon und half dann dem Onkel Peter heraus, der aber gelassen sagte, indem er dem schon Davoneilenden die gewichtige Hand auf die Schulter legte:

»Geduld Junge! Da sind wir nun in der That, und nur der Nancy zu Liebe konnte ich mich zu der Teufelsreise entschließen, aber jetzt brauche ich erst eine Herzstärkung. Der Cider hier zu Lande ist nicht schlecht und soll mir den Kohlenstaub wieder aus der Kehle waschen, ehe ich weiter gehe!«

»Aber Onkel Peter –«

»Nichts Onkel, ein ehrlicher Seemann stärkt sich zuerst, ehe er auf's Neue in's Gefecht geht«.

William Watson mußte sich fügen, wie ungeduldig er auch den blanken, breitrandigen Hut hin- und herrückte und an seinem blauen Umschlagkragen zupfte. Mit dem Instinkt eines Durstigen fand Onkel Peter bald in der Nähe des Bahnhofes, am Hafenbassin des Orne-Canals Das, was er suchte, nämlich eines der unzähligen Kaffeehäuser, an denen Frankreich so reich ist. Bald aber fand er zu seinem Entzücken noch mehr, und zwar ein dichtgedrängtes Publikum, dem er mit beredter Zunge und entsprechendem Geberdenspiel, halb englisch, halb französisch, das merkwürdige Schiffsduell, dessen Kunde kaum erst bis Caen gedrungen, schilderte. Die Nachricht, welche sich unter dem Schiffsvolk am Hafen wie ein Lauffeuer verbreitete, daß ein Theil der Mannschaft des Albama in Caen eingetroffen sei, rief immer mehr Neugierige herbei, und mit Verzweiflung sah der ungeduldige William jede Hoffnung schwinden, den Redefluß des Alten so bald zu hemmen.

»Goddam, ich gehe allein!« rief er ihm zuletzt entrüstet zu, bahnte sich einen Weg durch die Menge, die auch ihn fragend umdrängte, eilte nach der nächsten Straßenecke und warf sich in eine Droschke, nachdem er sich mit dem Kutscher in gebrochenem Französisch verständigt.

In der rue de Malfilâtre, genannt nach jenem jugendlichen Dichter aus Caen, der in Paris in Noth und Hunger verkam, saß zur selben Stunde der Geistliche der englischen Gemeinde im Kreise seiner Familie und einiger englischen Freunde. Das Hauptinteresse der Unterhaltung drehte sich um das Ereigniß in Cherbourg; man bedauerte lebhaft, daß der ritterliche Capitain Semmes nicht Sieger geblieben, las aus dem gerade ankommenden Abendblatt die Nachricht von dessen festlichem Empfang in Southampton vor, und eine junge, lebhafte Miß verkündigte jubelnd und händeklatschend, wie auch der Kearsage hart mitgenommen sei, und daß er in den Hafen von Boulogne habe einlaufen müssen, seine Wunden auszubessern.

Da erschallte die Thürglocke, und das Dienstmädchen meldete zwei Minuten später ihrem Herrn, ein Fremder in Matrosenkleidung wünsche ihn zu sprechen.

Mr. Ward erhob sich etwas ungeduldig ob der Störung und befragte den Fremden noch auf dem Hausflur, was ihn zu ihm führe.

»Es ist wegen einer Heirath, Sir«, antwortete William Watson bescheiden, »können Sie mich morgen trauen? Ich habe große Eile«.

»Morgen?« antwortete Mr. Ward erstaunt, »das ist etwas schnell, und ich weiß auch noch nicht einmal, wer Sie sind«.

»O, das sollen Sie sogleich erfahren; ich heiße William Watson und komme augenblicklich von Cherbourg. Seit drei Jahren war ich Matrose auf dem Alabama.«

»Auf dem Alabama?« rief der Geistliche mit freudigem Erstaunen. »Sie waren bei dem Gefechte am vorigen Sonntag?«

»Ja wohl, Herr, ich war einer der Letzten, der unser gutes Schiff, das wir leider nicht retten konnten, verließ.«

Der Geistliche nahm ihn rasch bei der Hand.

»Kommen sie mit mir herein zu meiner Familie, Sie müssen mir erzählen, ich freue mich Sie bei mir zu sehen.«

Wieder griff sich William verzweifelt in die Haare, aber was konnte er thun? schon stand er in dem hell erleuchteten Zimmer und vernahm freudige Ausrufe des Erstaunens, als man erfuhr, woher er kam und wer er sei. Die enthusiastische Miß kredenzte ihm eigenhändig eine Tasse Thee, dann mußte er erzählen, und Alles hing gespannt an seinen Lippen. Alt-England begrüßte den Besiegten wie einen Sieger, und selten wohl rief ein Triumph dort weniger Sympathie hervor, als der des glücklich-unglücklichen Nordamerikaners, wenn man auch jetzt ob jenes früheren Enthusiasmus etwas beschämt ist. Aber ungeachtet aller Beweise der Theilnahme, bat endlich William Watson entschieden auf's Neue um ein Gespräch mit Mr. Ward unter vier Augen. Was auch weibliche Neugierde dagegen einwenden mochte, der Geistliche entfernte sich jetzt mit dem schmucken Matrosen in sein Studirzimmer, der dort sogleich seinen Wunsch wiederholte, am folgenden Morgen getraut zu werden.

»Aber, erklären sie mir zuvor —«

»Gewiß, mein Herr«, unterbrach er die Frage des Geistlichen, »die Sache ist sehr einfach. Seit fünf Jahren bin ich verlobt mit Nancy Wilson aus Brighton, wo wir beide geboren sind. Schon als Kinder kannten und liebten wir uns. Leider gleichen wir uns auch an Armuth, und so entschlossen wir uns denn, Jedes auf seinem Wege das Glück zu suchen. Wer es zuerst gefunden, wolle es dann mit dem Anderen theilen. Sie trat in den Dienst einer Dame, die sich vorübergehend in Brighton aufhielt, und ich schiffte als Matrose über den Ocean nach jenem Lande, das ja schon Millionen Arme angelockt, um sich dort Geld und Gut zu erwerben. Ich war noch nicht lange drüben, als der Krieg zwischen den Vereinigten Staaten ausbrach. Nach einigen Kreuz- und Querzügen, deren Aufzählung ohne Interesse ist, ließ ich mich auf einem südländischen Kaperschiff als Matrose anwerben. Es waren freilich fast nur Katholische darauf, aber ich mochte lieber mit Katholischen für den Süden, als mit Protestanten gegen denselben kämpfen!«

Der Geistliche lächelte, der Matrose sprach ja den innersten Gedanken des englischen Volkes aus.

»Es war also der Albama, auf dem Sie Dienst nahmen?« fragte er.

»Ja Herr, und ein besseres Schiff und einen besseren Capitain hat der Ocean noch nicht gesehen. Es war ein lustig Leben, das wir führten, heute hier, morgen dort. Hui, wie haben wir die trägen Nordländer geneckt und gejagt, und Beute gab es auch in reicher Fülle«.

»Dies war gerade nicht die schönste Seite Eurer Heldenthaten«, sagte Mr. Ward und zog das Gesicht in ernste Falten.

William Watson zuckte mit den Achseln. »Das ist der Krieg, Herr; wer jeden Tag sein Leben dran gibt, will auch wissen warum; wir armen Leute leben nicht allein vom Ruhm. Aber was ich gewann«, setzte er mit leuchtenden Blicken hinzu, »habe ich nicht wie die Anderen verjubelt und vertrunken, sondern ich hob es für Nancy Wilson auf, damit sie nicht einst als arme Wittwe zurückbleibt, wenn ich Meerwasser trinken muß oder im Kriege falle.« Er zog seine Brieftasche hervor und entfaltete vor den Augen des erstaunten Geistlichen eine ansehnliche Fülle englischer Banknoten und amerikanischer Golddollars; dabei sagte er mit pfiffigem Lächeln: »Mit unserem tapferen Capitain an der Spitze dachten wir freilich nur an Sieg, aber als wir am vergangenen Sonntag zum Kampfe zogen, waren wir doch klug genug, unser weltlich Gut auf dem Boden zu lassen. Es liegt noch manch schön Stück Geld wohlverwahrt in Cherbourg und wartet nur auf's Abholen. Hier aber, Herr, habe ich das Beste«, fuhr er fort, zog ein ledernes Beutelchen aus der Tasche, öffnete es vorsichtig und legte zwei schwere goldene Trauringe auf den Tisch. »Sehen Sie, ich habe für Alles vorausgesorgt, damit es keinen Aufenthalt giebt!«

Mr. Ward betrachtete die Ringe, welche beide die verschlungene Chiffre M und W trugen, und sagte dann lachend: »Ja, aber wo bleibt denn nun die Braut, das ist denn doch die Hauptsache?«

»O, mein Herr, die Braut ist hier. Hören sie nur: Nancy kam mit der Dame, bei der sie Dienste genommen, herüber nach Frankreich und sollte dann mit ihr eine größere Reise antreten. Aber dies mochte sie nicht, um sich nicht zu weit von England zu entfernen, und noch ehe ich an Bord des Alabama ging, schrieb sie mir, sie sei in einer hübschen, alten Stadt in der Normandie, in Caen, geblieben, habe als Hausmädchen in einem Hotel, dem Hotel d'Angleterre, Dienst genommen und wolle dableiben, bis ich ihr Nachricht gegeben, was sie weiter thun solle. Ich schrieb ihr, sie solle ganz bestimmt dort bleiben und die Stadt Caen unter keiner Bedingung verlassen, damit ich sie immer zu finden wisse. Mir könne sie nicht schreiben, denn ich sei an Bord eines Kaperschiffes, und dahin gehe keine Post. Aber von mir würde sie Nachricht erhalten, und so bald es möglich, würde ich kommen, sie als mein Weib wegzuführen. Und darum bin ich jetzt hier mein Herr! Drei Jahre lang bin ich ohne eigenen Willen auf dem Meere herumgeschweift, den günstigen Augenblick erwartend, der mich in Nancy's Nähe führen würde. Endlich war das Glück mir günstig. Monate lang jagten wir uns mit dem Kearsage in den atlantischen Gewässern herum, immer weiter hinauf ging es nach England zu, und endlich liefen wir vor wenig Wochen in den Hafen von Cherbourg ein, um unser Schiff auszubessern. Von Tag zu Tag hoffte ich jetzt auf einen Urlaub, meine Nancy, der ich jetzt so nahe als möglich war, aufsuchen zu können. Der Kearsage, der uns schon als sichere Beute im Netz zu haben glaubte, kreuzte uns fortwährend vor der Nase herum, und unser Capitain mochte unter diesen Umständen keinen seiner Leute auch nur auf einen Tag entbehren. Was weiter geschah, wissen Sie. Nachdem einmal Capitain Semmes die Herausforderung des Nordamerikaners angenommen, durfte ich gar nicht mehr daran denken, meine Nancy sehen zu wollen. Nun, der Herr war nicht mit uns, wir mußten unterliegen, aber die Yankee's haben doch wieder einmal gesehen, mit welchen Leuten sie es zu thun haben. An mir jedoch ward wahr, was unser gutes, englisches Sprichwort sagt: ›There is no ill wind, that blowns nobody good!‹ Unser Unglück hilft mir wenigstens zur Hochzeit mit meiner Nancy, und der Himmel selber stand mir bei. Vom Kampfe bis zum Tode erschöpft, sank ich bewußtlos zusammen; wie leicht konnte ich Kriegsgefangener oder auf dem Deerhound eingeschifft werden. Mein gutes Glück führte mich aber nach Cherbourg zurück, und den Onkel Peter auch«.

»Wer ist der Onkel Peter?«

»Ein alter Matrose und Schiffskamerad, der so wenig mein Onkel ist, als Sie, der aber auf dem Schiffe der Allerweltsonkel gewesen und mir besonders zugethan ist. Er hat die Nancy schon als Kind gekannt, und nachdem wir uns Beide einigermaßen erholt, ließ ich nicht nach mit Bitten, bis er mich hierher begleitete, um bei der Nancy Vaterstelle zu vertreten und sie mir am Altar zuzuführen, obgleich er es verschworen hatte, jemals auf einer Eisenbahn zu fahren. Sie sehen also, mein Herr, Alles ist zur Trauung bereit, und es kommt nur noch auf Sie an. Hier sind meine Papiere, hier die Traurringe, den Zeugen habe ich in einem Kaffeehaus am Hafenbassin gelassen um welche Stunde sollen wir morgen bereit sein? Wir haben wenig Zeit zu verlieren, da wir so schnell wie möglich zu unserem Capitain zurückkehren wollen«.

»Ich will sehen, was sich thun läßt, lassen Sie mir Ihre Papiere hier und ja, warum haben Sie denn die Braut nicht gleich mitgebracht? wir brauchen deren Papiere auch und vor allen Dingen ihre Einwilligung«.

»Ich konnte sie nicht mitbringen, ich habe sie ja noch gar nicht gesehen. Jetzt will ich aber sogleich zu ihr«.

Der Geistliche faßte ihn am Arm: »Was sagen Sie, Sie haben Nancy Wilson noch gar nicht gesehen, seit Sie hier sind? Sind Sie von Sinnen?«

»O, keineswegs, ich wollte nur das Nothwendigste zuerst thun, und es war viel wichtiger, mich zuerst Ihres Beistandes zu versichern, als Nancy aufzusuchen. Nun ich Ihnen Alles erklärt, will ich freilich keine Minute mehr verlieren und zu ihr eilen«.

»Aber mein Gott, wenn Nancy nun Caen verlassen hätte?«

»Das hat sie nicht!« versicherte William mit der ruhigsten Miene, »meine Nancy wartet hier auf mich, bis zu ihrem Tode«.

»Wenn sie aber nun gestorben«, dachte Mr. Ward, aber er verschwieg es und sagte nur laut: »Ich begleite Sie. Als Fremdem dürfte es Ihnen doch schwer fallen, das Hôtel d'Angleterre so schnell aufzufinden, wie Sie billiger Weise wünschen müssen«.

Dankend nahm William Watson das Anerbieten an, und bald standen beide Männer vor dem hübschen, reinlichen Hotel, in welchem die englische Auswanderung, die alljährlich die Normandie überfluthet, gewöhnlich vor Anker geht, ehe sie ihre festen Quartiere bezieht. Mr. Ward war nicht unbekannt in dem Hause und es mußte ihn befremden, daß auf seine Frage nach einem englischen Dienstmädchen, mit Namen Nancy Wilson, zwischen den Kellnern lächelnde Blicke gewechselt wurden.

William Watson erblaßte: »Ist Nancy Wilson nicht hier? ruft sie schnell herbei!« sagte er hastig in gebrochenem Französisch.

»Impossible!« antworte der Oberkellner, der inzwischen herbeigekommen, »sie war zu nichts zu gebrauchen, wir haben sie vor einem halben Jahre entlassen«.

»Und wo ist sie jetzt?«

»Ne sais pas«, antwortete das Individuum mit einem Achselzucken und verschwand hinter einer halb offenen Thür.

Mr. Ward fragte nach dem Hotelbesitzer; er war auf zwei Tage mit seiner Frau auf sein nahes Landgut gereist. Von der Dienerschaft konnte oder wollte Niemand wissen, was aus Nancy geworden.

»Elle était très méchante pour Mr. Ollivier, qui l'aimait tendrement; c'est pour cela qu'elle a quitté.« Dies war Alles, was man einer kleinen Französin in weißer Schürze und Haube entlocken konnte. Offenbar wäre sie weniger abgeneigt gewesen, sich von Mr. Ollivier, dem Oberkellner, tendrement lieben zu lassen.

Mr. Ward sah sich nach William um, der bleich und nachdenklich an der Wand lehnte.

»Nun, Mr. Watson«, sagte er zu ihm, »was werden wir jetzt thun?«

William raffte sich auf: »O«, sagte er, »es macht nichts, Nancy Wilson hat Caen nicht verlassen, darum ist mir nicht bange. Ich werde morgen von Haus zu Haus gehen und werde sie finden«.

Mr. Ward mochte dieses gute Vertrauen nicht untergraben; er begleitete William, der schweigend neben ihm herschritt, bis zum Kaffeehaus am Hafenbassin, wo der Onkel Peter immer neue Zuhörer mit der wohl schon zum zwanzigstenmal vorgetragenen Erzählung seiner Heldenthaten unterhielt.

Unter dem Einfluß des reichlichen Genußes normännischen Aepfelweines, den er nach Landessitte mit Ciderspiritus versetzte, nahm seine Darstellung einen immer phantastischern Schwung an, und mit etwas bedenklichen Schritten folgte er endlich den Aufforderungen Williams.

Mr. Ward brachte Beide für die Nacht nach einem kleinen abgelegenen Gasthof, und der freundliche Geistliche entfernte sich erst, nachdem er William versprochen, ihn am folgenden Morgen bei seinen Nachsuchungen zu begleiten.

Es ist ein schönes Ding um die Wahrheit, aber wenn wir hier die Absicht hätten, als Dichter aufzutreten, so würde sie uns im höchsten Grade lästig fallen. Wir sind mit unserer kleinen Erzählung an einem Punkte angelangt, von dem aus sie mit Leichtigkeit sich bis zu einem dreibändigen Roman ausspinnen ließe. Wie verlockend wäre es, jetzt Nancy Wilson nach Californien, Australien oder dem persischen Meerbusen zu versetzen, wohin sie das Schicksal verschlagen hätte, indem sie ihren William aufsuchte, während er an der französischen Küste weilt und Alles bereit hält zur ewigen Vereinigung den Geistlichen, den Zeugen, die Papiere und Trauringe und ihm nur Eines fehlt die glückliche Braut!

Aber wir haben versprochen, eine wahre Geschichte zu erzählen, und nicht nur einen poetischen, sondern einen wirklichen Sieg ausdauernder Liebe zu verkünden, und kehren darum zu der bescheidenen Rolle eines bloßen Referenten zurück.

Trotz der späten Abendstunde hatte das mächtige Gefühl der Wißbegierde die kleine Gesellschaft im Salon des Mr. Ward noch wach und zusammengehalten. Man wünschte gar zu lebhaft zu wissen, was einen Helden des Tages, was einen Albamamatrosen nach Caen zu dem englischen Geistlichen geführt hatte. Was blieb Mr. Ward übrig, als den stummen Aufforderungen schöner Augen und halbgeöffneter Lippen zu willfahren und William Watsons Begehren, sowie seine getäuschte Hoffnung mitzutheilen. Eine der eifrigsten Zuhörerinnen war die schon erwähnte jugendliche Miß Flora. Ihre dunklen Augen hingen unverwandt an dem Erzähler, und man konnte bemerken, wie sie sich gewaltsam zusammennahm, ihn nicht zu unterbrechen. Aber als er geendet, als man sich eben in bedauernden Klagen über Nancy's Verschwinden ergehen wollte, rief Miß Flora energisch:

»William Watson ist in seinem Vertrauen nicht getäuscht, seine Braut hat Caen nicht verlassen, denn vor kaum vier Wochen habe ich auf der Straße mit ihr gesprochen!«

»Wie, Sie kennen Nancy?« rief Alles erstaunt.

»Ja!« lautete die triumphirende Antwort. »Als wir voriges Jahr von England herüberkamen, hielten wir uns, bis wir ein eigenes Haus gefunden, mehrere Wochen lang im Hôtel d'Angleterre auf. Ein niedliches englisches Mädchen, sie hieß Nancy Wilson, bediente uns. Sie gefiel mir, und ich interessirte mich für sie, denn das arme Ding mußte oft schwer arbeiten und war im Ganzen schlecht bezahlt. Tante Betsig, die mit uns war und den Winter in Deutschland zubringen wollte, schlug dem Mädchen vor, sie dahin zu begleiten. Trotz der vortheilhaften Bedingungen, die sie ihr stellte, trotzdem sich ihre Lage dadurch bedeutend verbessert hätte, weigerte sie sich standhaft, darauf einzugehen. Wir nannten Nancy zuletzt ein eigensinniges Ding und kümmerten uns nicht mehr um sie. Nachdem wir das Hotel verlassen, sah ich sie nicht mehr, bis vor wenig Wochen, wo sie mir auf der Straße begegnete, und so bleich und niedergeschlagen aussah, daß ich stehen blieb und sie fragte, ob sie krank gewesen. Sie verneinte dies, sagte nur, sie habe viel Verdruß gehabt und befinde sich in einem anderen Hotel als Kammermädchen. Ich war eilig, rief ihr nur noch zu: ›Da wären Sie doch besser mit nach Deutschland gegangen!‹ und ging weiter«.

»Und Sie wissen nicht, wo sie sich jetzt aufhält?«

»Leider nein; aber das muß sich ja leicht auffinden lassen. Soll ich Ihnen suchen helfen?«

»Nein, nein«, antwortete Mr. Ward lachend, »ich bin Ihnen für diese Auskunft schon dankbar genug. Wie glücklich wird der brave William sein, wenn er hört, daß er sich in seinem festen Vertrauen auf Nancy's Treue und Gehorsam nicht betrogen hat«.

Man trennte sich, und am folgenden Morgen begann Mr. Ward, von William und Onkel Peter begleitet, seinen Rundgang. Hatte sich aber Amors Schelmerei, denn glücklicher Weise neckte er dieses Mal ja nur, schon am vorigen Abend bewährt, so auch jetzt schon hatte man alle Hotels der Stadt besucht, ohne eine Spur von Nancy zu finden.

»Nun bleibt uns nur noch ein einziges Hotel in der oberen Stadt übrig«, sagte Mr. Ward, »es heißt la Sainte-Barbe, vielleicht hat sich Nancy unter den Schutz dieser strengen Heiligen gestellt«.

Er begleitete seinen Scherz mit einem etwas gezwungenen Lachen, denn ihm bangte vor der Befürchtung, am Ende doch noch Nancy Wilson in einer der niederen Kneipen aufsuchen zu müssen, was wenig für die Bewährung ihres guten Rufes gesprochen hätte. Endlich stand man vor dem Eingang des hübschen, anständigen Hotels, und eben war Mr. Ward in Unterhaltung mit dem Portier getreten, als er hinter sich einen lauten Schrei des Entzückens vernahm. Er drehte sich um, da stand William Watson und hielt in seinen Armen und fest an seine Brust gedrückt eine jugendliche Gestalt, deren Haupt sich an seiner Schulter barg, während ein lautes Schluchzen hörbar ward. Die Liebenden hatten sich gefunden was bleibt uns da noch viel zu sagen übrig?

Die treue Nancy, von so eigenthümlich feiner Schönheit, wie sie nur eben die englischen Mädchen besitzen, hatte während der Trennung von dem Geliebten fast nicht mindere Gefahren zu bestehen gehabt, als er. Aber ihre Liebe und die feste Zuversicht zu ihrem William blieben ihr untrüglicher Halt und Schutz, bis sie, von den hartnäckigen Liebesanträgen Mr. Olliviers allzu sehr bedrängt, ihre Stelle verließ. Seitdem war sie im Hotêl de la Sainte-Barbe, deren Besitzer ihr das günstigste Zeugniß gab, sowie auch ihre früheren Herren.

Nun hatte sich endlich alles Nothwendige zu einer fröhlichen Hochzeit zusammengefunden; schon freute sich die ganze englische Gemeinde, wie auch einige romantisch gesinnte Deutsche darauf, der feierlichen Trauung von Nancy und William beizuwohnen. Aber dieser schönen Erfüllung stellte sich für die nächsten Tage, kalt und eisern, eine Gesetzesformel entgegen. Eine vorherige Verkündigung der bevorstehenden Ehe auf englischem Grund und Boden konnte nicht wohl umgangen werden, wie eifrig auch Miß Flora, die sich in den Kopf gesetzt hatte, Nancy zur Trauung auszuschmücken, gegen solche verrostete Gesetze argumentirte.

William, der, nachdem er Nancy gefunden, von Eifer brannte, seine Dienste auf's Neue seinem verehrten Capitain anzubieten, ließ sich nicht halten, bis jene Formalität drüben in England hatte erfüllt werden können. Das Paar beschloß also, den französischen Boden als Braut und Bräutigam zu verlassen, unter dem Geleite des Onkel Peter, der sich wohl oder übel in die Rolle der Duenna fügen mußte. In Brighton, ihrem beiderseitigen Geburtsort, wollten sie sich dann den Segen der Kirche ertheilen lassen.

Mit dem Dampfboote, das alltäglich zur Zeit der Fluth das Hafenbassin verläßt, um den grünen Ufern der Orne entlang nach dem Canal zu dampfen, dessen Wogen es bald dem Havre zuführen, fuhren die Glücklichen ab, begleitet von den Segenswünschen Aller, die ihre Geschichte kannten.

Wo sie jetzt weilen, ob sie noch vereinigt oder schon wieder getrennt sind wer mag es wissen? Aber wir hoffen, daß die Liebe, die sie so sichtbarlich behütet und zuletzt noch über Blut und Leichen zusammengeführt, ihnen bis an's Ende ihres Lebens so treu bleiben möge, als sie es ihr geblieben sind.